A vitória do afeto

cartas

Marlon Pires Ramos

A vitória do afeto

cartas

malê

Direção: Francisco Jorge & Vagner Amaro

A vitória do afeto
ISBN: 978-85-92736-67-5
Edição: Vagner Amaro
Ilustração de capa: Paulo Chavonga
Capa: Dandarra Santana
Diagramação: Maristela Meneghetti
Revisão: Louise Branquinho

Texto revisado segundo o novo Acordo Ortográfico da Língua Portuguesa.

Dados internacionais de catalogação na publicação (CIP)
Vagner Amaro – Bibliotecário - CRB-7/5224

R175v Ramos, Marlon Pires
A vitória do afeto / Marlon Pires Ramos. —
1. ed. — Rio de Janeiro : Malê, 2022.
92 p.; 19 cm
ISBN 978-85-92736-67-5

1. Cartas brasileiras I. Título.
CDD B869.8

Índice para catálogo sistemático: **1. Literatura brasileira : Cartas B869.8**

Editora Malê
Rua do Acre, 83, sala 202, Centro, Rio de Janeiro, RJ
www.editoramale.com.br
contato@editoramale.com.br

"Deus manda palavras bonitas pra gente dizer"

Dona Terezinha

Para minha mãe,
Maria Iracema Pires dos Santos:
te levo no coração e no sorriso

Para meu pai,
Mário Antônio Amaral Ramos,
que tenta se fazer possível

E para meu avô,
Antônio Ramos:
obrigado por ser início e boa lembrança

E para minha avó,
Dona Terezinha de Jesus do Amaral Ramos,
que me fez ser todo afeto, poesia e acalanto

"Até meu jeito é o dela
Amor cego escutando com o coração a luz do peito dela
Descreve o efeito dela, "Breve, intenso, imenso"
Ao ponto de agradecer até os defeito dela
Esses dias achei na minha caligrafia
A tua letra e as lágrima molha a caneta
Desafia, vai dar mó treta
Quando disser que vi Deus
Ele era uma mulher preta"

Mãe - Emicida

Uma carta para minha mãe

Mãe,

Acho que essa é a carta mais difícil que escrevi. Foi tudo tão rápido, que ainda me pego me culpando por muitas coisas, e acho que isso vai acontecer sempre. Uma vez, te escrevi que queria uma chance de ser um filho bom, de estar mais perto e tal. Nesses últimos cinco anos que ficamos próximos, muito mais que a vida toda, tentei, mãe. Essa tentativa deu errado muitas vezes. Por várias vezes arranjei desculpas para a gente não se ver: distância, passagem, tempo, psicológico... Agora vejo que tudo isso foi ridículo. Nunca mais vamos nos ver.

Me perdoa por isso, mãe.

Sabe, mãe... Meu alento é lembrar dos bons momentos que tivemos. As visitas que consegui fazer. Sempre tinha piada, risada, brincadeira. Teu riso sempre foi fácil, igual o meu. Sempre que rir agora, vou lembrar da senhora.

A senhora via de longe esse meu movimento de ler, estudar, escrever literatura e tal. Acho que a senhora nunca imaginou um escritor como filho, mas sempre disse palavras boas para mim. Disse que tinha orgulho, achava bonito. Lembro-me daquele dia do lançamento daquela revista da qual participei, a primeira vez que a senhora entrou no MARGS foi naquele dia. E no lançamento do meu primeiro livro, tu *tava* lá, mãe. Meus irmãos estavam lá, todo mundo feliz. Era meu aniversário, me senti realizado.

Me dei conta de uma coisa, mãe: poucas vezes tive oportunidade de dizer "mãe" na vida. Isso dói bastante.

Sabe, mãe, a vó sempre fala que o vô tá no céu, mandando coisas boas para a gente. Gosto de pensar que você encontrou o vô aí no céu e que tá te fazendo companhia, e as outras pessoas da família, também. E que todo mundo tá cuidando da gente, como um quilombo aí no céu. Não sei se é certo ou errado pensar isso, mas deixa meu coração mais tranquilo.

Sigo escrevendo muito aqui, mãe, é a única coisa que dá sentido para mim: falar de amor, afeto, carinho entre as pessoas pretas, olhar o passado e futuro nas mesmas linhas. Sinto aqui dentro.

Vou olhar mais de perto meus irmãos, mãe. Mas pelo que vejo e sinto, eles são muito mais fortes do que eu. Espero que eles entendam que tô fazendo o melhor que posso.

Não sei terminar essa carta, mãe.

Chorei horrores nessas linhas até aqui.

Eu tava escrevendo cartas pro vô, mas agora vou escrever cartas pra você também.

Sinto algo bom aqui dentro, mãe.

Acho que é a senhora.

Marlírico

Porto Alegre, 12 de março de 2020.

Uma carta pro vô

Sabe, vô,

Dormi sozinho em casa hoje. Acho que o senhor viu, a vó passou mal e foi pro hospital. O pai foi com ela. Não vou negar, me preparei pro pior, vô, ainda tô no processo de entender o falecimento da mãe. Daí dias depois, a vó passa mal. Perder a vó três dias depois do enterro da mãe. Nossa... Tentei, mas foi difícil não ficar com isso na cabeça nessa madrugada, vô, fiquei exausto de tanto pensar. Sem falar no calor e no cansaço que eu tava.

Lembrei um dia, a mãe tava no hospital ainda, a vó falou que tava sonhando muito com a mãe dela, a dona Cedália. Até que ela falou: "sonhei com a mãe essa noite, acho que ela quer me levar". Quando o pai me ligou, avisando que tava com a vó no hospital, pensei isso na hora. Na real, ainda tô pensando isso, vô. Tô tentando agir e lidar da melhor forma, a ficha cai, sobe e volta a cair. E assim fico nessa *vibe*.

Pessoas têm conversado comigo e tão me fazendo bem, vô. Agradeço por isso. As cenas ainda estão bem vivas na minha cabeça: o cemitério, o caixão, o choro dos irmãos, a tristeza coletiva, a terapeuta do meu sentimento do meu lado, dando apoio. Algo que nunca vou esquecer.

No momento, é isso que consigo escrever, vô.

Marlírico
Porto Alegre, 14 de março de 2020

Outra carta pro vô

Sabe, vô,

O último áudio que a mãe me mandou no *WhatsApp* foi com os nomes dos irmãos dela, e também mãe e pai. Até hoje não sabia todos os nomes dos tios e tias, avô e avó do lado dela.

O nome da minha avó, mãe da minha mãe, é Jovelina Pires dos Santos. Acho que a vi uma vez só, vô. Tenho uma imagem bem confusa na minha cabeça, mas acho que era ela. Bem velhinha, cabelinho branco, bem como a Dona Terezinha tá agora. Ela estava sentada, cadeira de balanço e tal. É essa a imagem que tenho.

E o nome do meu avô, pai da minha mãe, é igual ao seu, vô: Antônio dos Santos. Daí bate aquela sensação de buraco no peito, de querer saber mais, ver fotos, saber o que faziam. Essas coisas, vô. Bah, é foda.

E os nomes dos meus tios e tias são: Mozart, Moacir, Rudimar, Walmor, Valdir, Paulo Ricardo, Gilmar, Marisa, Andréia e Janaína.

Agora pensando, vô, eu não sei nada sobre eles. Meia dúzia de coisas só, nada mais.

Bah, vô, *bateu afu* aqui dentro.

Em outro momento, falamos mais.

O olho já tá cheio d'água.

Marlírico

Essa é uma carta pro futuro

- em especial pros irmãos pretos

Antecipei o Emicida um ano
Falei de Amor e Amarelo
Fevereiro de 2018, "tão linda de amarelo girassol"

O peso de escrever o melhor verso
O meio literário me julga
Tipo julgamento do Chaves
Falam besteira, fico mudo
Meu verso atropela tudo
Tipo Miró da Muribeca
Quebre à direita
Siga à esquerda
E vá em frente
Todo verso é ato político e tática de sobrevivência
Sinto que posso morrer em cada minuto
Por isso quero dizer eu te amo a todo minuto
Pensa um segundo

Por que a gente não para de perder tempo e tenta ficar junto?

Pra noiz, homi Preto
Fomentar amor, beleza na gente
Pensar família Preta pra gente
A poesia é só uma semente

Não é sobre palmitagem
É sobre como a branquitude age
É uma construção
Que vira opção
E as Preta fica na solidão
E noiz aos pedaço pelo mundão
E o texto da Luedji bate tão forte
Quem paga a conta?
Temos parcela forte nessa conta

Às vezes, me sinto culpado por ser tão sensível
Minha luta é não deixar o sentimento invisível
Poemas da recordação
Palavras da Conceição
Bate aqui dentro no coração
Siga na poesia, ela me disse
O olho encheu d'água aqui
Sou exemplo pra crianças que estão por vir
O olho encheu d'água aqui

Sonhei que a minha poesia levava amor pras pessoas
O olho encheu d'água aqui
CHEGA!
É muita lágrima
Tô mais pelo sorriso
Obrigado por ler essa carta, mano

Espero receber uma carta também, irmão
Se quiser trocar uma ideia
Só chama
Dale!

Marlírico

Áudio pro irmão

Salve, irmão, *cê* tá bem?

Tava pra te escrever faz mó tempão, mas resolvi mandar esse áudio. Como tão as coisas por aí, mano?

Por aqui, tudo bem, mano, na medida do possível, fazendo o que sei fazer, né, mano? Tentando ler os livros, tentando escrever umas coisas, mas tá tudo bem, mano.

Ontem troquei uma ideia com o Cipó. Importante *afu*, mano. O Cipó é um cara muito massa, o trampo dele é foda, mano. Se eu conseguir fazer na literatura o que ele faz no insta, bah, mano, Jabuti é troco HAHAHAHA

Mas, sério, mano, a gente falou sobre violência e homem preto, até já falei contigo sobre isso, mano.

Essas várias formas de violência sobre a gente e a violência que a gente reproduz em todos os sentidos, né, mano...

Nos lugares em que a gente tá, com as pessoas que a gente se relaciona. Tudo, né, irmão? Bah, vários tetos *pesado*, gatilho *afu*.

Tipo esses dias de quarentena, geral trancado em casa, geral vendo *live*, fazendo *live* e força de conteúdo, me deu uns teto ruim, saca?

Tipo, eu não tenho estrutura pra ver essas *live*, saca? Não tenho Internet em casa, só a do celular, na Vila fica bugada toda hora, sem falar que falta água *afu*, falta luz direto. Daí penso tenho que correr muito pra tá no mesmo nível dos parcero pra poder ver uma *live*. Tu *sabe* o que tô falando, mano, e vai...

Nos relacionamentos é tão pesado quanto. Aquele papo que a gente já teve, quantas vezes a gente já ouviu das mina Preta as merda que a gente fez? Daí a gente tenta fazer diferente, mas daí bate as outras violências que deixam a gente na merda. Qualquer cara branco mora num apê, passa no mercado, compra umas coisas, pega *Uber* e vai de boas pra casa da mina. *Noiz* não *tem* nem grana pra passagem. E quando *vamo* no rolê, tem que ficar de olho no relógio pra não perder a última condução. *Noiz é* piada por causa disso sempre. Cansa, mano, dá nem vontade de ir no rolê, uma pressão sempre.

Vou mandar outro áudio.

Tá, daí a gente faz toda a mão, vai no rolê, tenta conversar conhecer as pessoas, daí rola de conhecer a Preta, bate a química... Tudo lindo, casal preto, amor preto cura e tal... Mas e pra manter essa relação? Só amor não basta, mano, e *noiz*, homem preto hétero, não *sabe* disso, não *consegue* ver isso.

As *mina* só quer uma companhia massa pra colar junto, mas *noiz* não tem estrutura pra isso. Falta grana, falta vivência, falta psicológico, falta afeto, falta referência, falta amor... E como *noiz faz*, mano? Até hoje mando "eu te amo" pra minha ex, mas não é só por pensar em voltar, é também medo de morrer a qualquer momento e não poder dizer "eu te amo" pra mais ninguém. Triste isso, mano, tu *sabe*.

Mas, mano... *Vamo* trocar mais sobre isso, mano, tá mais que na hora de a gente pensar mais e fazer algo sobre todas essas violências que a gente comete e sofre. Valeu por ouvir, mano, desculpa os áudios enormes aí. Manda um abraço pra família aí, mano. Se cuida e fica em casa! Ah, mano, o Cipó vai lançar livro, fica ligado. Se tu não tiver grana, tento conseguir pra ti, te apoio, tu *sabe*. Fica bem, irmão.

Cartas pra meu avô

Vô,

Ontem foi assim.

"A bença̧o, vó".

"Que Deus te abençoe. Que faça de ti um bom pai".

Sabe, vô... Depois que a vô falou isso, me peguei pensando muito sobre ser pai, paternidade e tal. O senhor sabe que esse assunto é delicado pra mim. O meu pai, seu filho, não foi um bom pai para mim. Mas eu também sei que ele fez o melhor que pode, assim como o senhor tentou fazer.

A sensibilidade é algo muito caro pra nós, homens pretos. Esses dias, a vó contou algumas coisas do senhor. E me tocou muito quando ouvi que o senhor sempre detestou o dia de Natal.

Era sempre um dia triste, e a vó nunca soube o porquê.

Daí um dia o senhor contou que, quando tinha oito anos, sua mãe, Zulmira, morreu no dia de Natal. Ela entendeu essa tristeza toda.

Seu irmão, Nenê, era bem grosseiro. Não tratava as pessoas bem. Teve uma vez que o senhor era menino ainda, chegou perto dele e pediu uma fatia de salame. Ele deu um tapa muito forte no seu rosto. E dizia: "homem não chora, homem não chora".

Outro momento foi com seu irmão, Mário. Bebia muito, tentava ser malandro, mas nunca dava certo. Numa noite, o senhor foi buscá-lo num bar que tinha dança de gala. Estava bem bêbado e falava coisas pras moças. Quando o senhor chegou, mostrou que estava com uma adaga de prata. Vocês brigaram e quase que o senhor tomou uma facada. O Mário morreu bem jovem, de uma doença que vai tirando pedaços do pau igual lápis.

Sabe, vô,

Essa violência toda não deixou o senhor ser mais sensível com meu pai. Ele bebe muito e às vezes é violento. Mas tem o coração bom.

Não falei pro senhor, mas ontem, mais cedo, vi um pai com dois filhos, todos bem pretinhos.

Num momento, um deles começou a chorar. O pai pegou o chinelo e bateu nos dois, e dizia que não era para eles chorarem na rua.

Aquela cena foi forte pra mim. Chorei escondido depois.

Aquele pai tava sendo muito duro, mas tava fazendo o melhor que ele podia.

Assim como seus irmãos. Assim como o senhor. Assim como meu pai.

O senhor sabe, vô. Sou um homem preto sensível, tentando mudar essa lógica. Já sonhei várias vezes que vou ser pai de uma menina. Sempre tem um dia que penso se vou ser um bom pai.

Vou tentar, vô.

Do seu neto,
Marlírico

Carta pro vô

Sabe, vô,

Ainda me pego pensando que é muito estranho estar na universidade. Essa UFRGS é violenta em muitos sentidos, essa galera branca aqui dentro é bizarra. Vários vão de chinelo pra aula e voltam de *Uber* pra casa, usam roupa de brechó e reclamam que ainda não ganharam a grana dos pais. Adoram dizer que entendem a causa preta, mas sempre falam umas paradas racistas. Convidam *noiz* pra festa, mas foda-se se *noiz* não tem grana pra passagem.

Bah, vô, essa parada cansa. Nem tem como fazer amigo aqui dentro. Não sei se todo mundo é estranho, ou se sou eu o mais estranho.

O melhor lugar é a biblioteca. Uma vez li: "não fui criado pra sala de aula, meu lugar é na biblioteca". Algo parecido com isso, vô. Acho que sou assim também.

Sabe, vô, esses dias, o irmão Roger Cipó escreveu um texto sobre homens pretos que moram na rua lá em São Paulo.

Mas pode ser daqui também. Sempre que penso sobre o lugar do homem preto, dá uma dor tremenda, vô.

Aqui em Porto Alegre, não é diferente. Na CB, onde eu tô agora, quase todo mundo que tá morando na rua é preto. Sempre passa um pedindo moeda, ou bêbado, ou pelado, ou no meio do lixo, ou com problema mental por algum motivo. Não tô nesse lugar, vô, mas, ao mesmo tempo, sou todos esses irmãos. E quando a gente não tá na rua, tá fazendo violência, ou no meio da violência, e tratando mal, agredindo nossas irmãs pretas e nossos irmãos pretos, ou fazendo mal pra nós mesmos. Tô tentando fazer diferente, vô.

Marlírico

Essa é uma carta pro meu avô

Seu Antônio

Vô, desculpa não ter ido ao cemitério. Era seu aniversário, devia ter feito uma visita.

A vó bem que falou:

"Dia 22 é aniversário do teu avô. Se fosse vivo, tava fazendo 95".

Queria muito dar um abraço apertado no senhor. Sinto que o senhor tá perto. Até sinto que o senhor me abraça às vezes.

Gosto de dar abraço apertado nas pessoas.

A maioria não gosta ou não entende.

A verdade é que cada abraço apertado que dou penso que é no senhor.

A vó falou que o senhor ia no terreiro e na igreja e gostava dos dois. Já fui na igreja e não curti. Quero ir no terreiro, conhecer mais. Super sinto um axé aqui dentro, não sei explicar. Acho que o senhor entende.

A vó conta que o senhor foi o melhor motorista de

Porto Alegre, trabalhava na família Matarazzo e usava camisa engomada.

Tenho medo de dirigir e ando todo amassado.

Talvez um dia consiga me vestir igual ao senhor. Bem bonito.

Sabe, vô, fui a São Paulo e ao Rio. Lancei livro, dei autógrafos na feira do livro. Viajei de avião, conheci uma galera muito foda que super admiro, namorei e me senti vivo como nunca.

Até hoje não acredito que isso tudo aconteceu. Tudo isso pela poesia e pelo sentimento.

A vó diz que o senhor não era muito de demonstrar sentimento e tal. Eu entendo.

A ironia é que agora eu vivo disso.

Queria agradecer o senhor. Acho que o senhor ajudou nisso tudo.

E ainda ajuda.

Obrigado mesmo, vô. De coração.

Do seu neto,
Marlírico

Cartas pro meu avô

Sabe, vô,

Eu peguei avião. Foi uma sensação muito doida. Foi algo simples, mas uma conquista muito grande pra mim. Deu um frio na barriga... Quando cheguei a São Paulo, não sabia se chorava ou se ria alto.

Acho que as pessoas conseguiam ver minha cara estranha com tudo aquilo que tava acontecendo comigo.

A vó disse que o senhor já foi a São Paulo de carro, uma viagem de negócios da família para a qual o senhor trabalhava. Ano passado e esse ano, fui a São Paulo, e sempre parece que tô passando pelos lugares que o senhor passou ou gostaria de passar. Obrigado por iniciar esse movimento que continuo.

Vô, conheci pessoas absolutamente incríveis lá em São Paulo. Galera preta que faz um trabalho foda, super referência no rolê, só de estar perto fico bem emocionado.

Tanto em São Paulo quanto no Rio, vô, foi mágico, sabe? Lugares em que sempre quis estar, mas nunca imaginei tão rápido.

Roger Cipó, Isaac Silva, Maria Ferreira, Suellen Massena, Moara Sacchi, Sol Menezes, Licínio Januário, Kety Kim Farafina, Mama NossaCultura, Sidney Santiago Kuanza, Jé Oliveira, Rodrigo França, Erica Malunguinho, Monique Evelle, e outras tantas...

Sabe, vô, não sei se eles têm noção do quanto atingem e movem, porque eu, um cara de uma casa de madeira de uma vila do Rio Grande do Sul, que não tem asfalto na rua, muitas vezes não tinha grana pra passagem... Bah, só tenho a agradecer.

Acho que tem mão do senhor nisso tudo.

Do seu neto,
Marlírico

Uma carta pro meu avô

Sabe, vô,

A vó contou de uma perda que foi significativa pra ela. Quando tinha 15 dias de trabalho seu e ia pagar o mercado, isso lá em Cachoeira ainda.

Ela tava com um casacão tipo sobretudo e tava ventando muito. Colocou o dinheiro junto com a notinha, coisa que não se deve fazer. Quando chegava perto do mercado, colocou a mão no bolso e... cadê o dinheiro? Ficou bem aflita, quase desespero. Uma mulher branca vinha atrás, a vó perguntou se ela viu alguma coisa. Respondeu que não, ofendida, a vó tem certeza de que foi ela que pegou.

Até hoje o olho enche d'água, tem muito arrependimento ainda.

Depois desse fato, veio uma maré de dificuldade que a vida em Cachoeira não deu mais pé. Foi aí que vocês vieram pra Porto Alegre.

O senhor sempre foi muito trabalhador, começou trabalhando numa ferragem, aí depois é que o senhor foi trabalhar de motorista da família Matarazzo. O primeiro lugar que vocês moraram em Porto Alegre foi ali na Freire Alemão, no Mont'Serrat. Dez anos morando ali naquela casinha de madeira de duas peças nos fundos da casa do Seu Valace e da Dona Luci. Hoje é bairro de branco, mas, naquela época, era onde os pretos moravam também. Até chamavam de "pequena África" ali bem mais na antiga.

Eu ainda vou passar nessa rua pra sentir a energia e ver mais ou menos onde vocês moraram.

Marlírico

Carta ao meu avô

Vô,

Esses dias ouvi uma música que me fez pensar bastante no senhor.

"Morrendo de Saudade" é a música. A letra é do Nei Lopes, mas quem canta é a Beth Carvalho. Bah, uma poesia que bate *afu* aqui dentro, vô, ó:

> *Arde tanto o coração que me causa impressão*
> *Que eu tenho o peito em chamas*
> *A saudade é um punhal*
> *Cravado até o final, no peito de quem ama.*

Uma saudade grande aqui dentro, vô. Não só do senhor, vô, mas também daquele amor tão bonito que fez o Marlírico nascer. Ou melhor, florescer.

Obrigado por cuidar das coisas, vô.

Sinto aqui dentro.

Marlírico

Cartas para o meu avô

Sabe, vô,

Hoje fui lá no Flavinho fazer uma visita. Cheguei lá, estavam todos sentados no pátio depois do almoço: o Flavinho, a Carmen e o Dudula, mãe e pai dele, a Suzana e o Anderson, irmã e cunhado, e os filhos, a Carol o Wesley e a Téfa.

O Flavinho é um amigo de infância aqui nessa São Tomé de meu Deus. Preto, forte, malandro, bonito, de boa conversa e trato, o último amigo que me sobrou aqui. Super lembra o Brancura, do livro do Paulo Lins, ou o Nozinho, do livro do Nei Lopes. Fui lá trocar uma ideia, fazia tempo que não via o amigo. Ele tá morando lá em Santa Catarina. Seu Dudula, o pai dele, conta muita história, vô. Tanta história que fico tonto ou com a barriga doendo de tanto rir.

Tipo a história do Marinheiro, um velhinho que mora ali perto, cheio de cachorro no pátio. Na antiga, quando chegou aqui na vila, falava com todo mundo e contava cada coisa que todo mundo começou a desconfiar. Daí descobriram que era tudo mentira que saía da boca dele só pra se dar bem com o pessoal. Aí um dia alguém disse: "Para de contar história de pescador, ô, marinheiro". Pegou pra sempre o nome Marinheiro. Não fala com mais ninguém, agora só fala com os cachorros dele.

Daí, vô, o Dudula me chama, aponta pro Flavinho e começa a falar: "Teu amigo aí pegou o resto de comida, colocou no meio do jardim da *muié* — assim que ele chama a Carmen — aí veio o cachorro comer e destruiu as *planta* tudo. A *muié* reclamou: 'Teu filho querido'. Falei: 'cachorro não pensa, não sabe. Cachorro é cachorro, quem é o burro?'".

Agora, todo dia que vejo o Flavinho, pergunto:

"Cachorro é cachorro, quem é o burro?".

Ele fica bem brabo. Dou risada da cara dele.

Até mais, vô.

Marlírico

Carta pro vô

Vô,

Desculpa por demorar pra te escrever. Acho que o senhor consegue sentir, tem sido dias complicados aqui, pra dizer o mínimo. As noites foram agitadas. A vó tá precisando de cuidados, passamos noites em claro, um desgaste emocional *afu*. Sem falar no pai bêbado todo santo dia. Como diz o Nei Lopes, "tem gente que bebe bem, tem gente que bebe mal".

Como já falei pro senhor, a vó acordou esses dias e de novo não me reconheceu. Se confunde, se lembra de mim, mas não lembra o meu nome, e assim vai, com cada vez mais dificuldade de locomoção, dizendo que já devia ter feito a passagem. E eu concordando, sofrer mais pra quê? E ela fala sempre sorrindo, e eu com o olho cheio d'água e uma depressão que é tipo uma amiga com saudade, mandando "oi, sumido" todo dia. Me pego pensando muito tempo em largar daqui, ambiente tóxico. Não importa o que eu faça, a garrafa de cachaça tá vencendo. Daí eu penso que dá pra aguentar mais um pouco, tentar cuidar da vó com o mínimo de zelo e tal. Mas o psicológico já foi faz tempo, tô cansado real.

Mas, mesmo no caos, vô, consegui alguns momentos que fiquei, não digo feliz, mas satisfeito. Uma satisfação boa com essa coisa que amo: ler, escrever, estudar.

Bom, no início do último mês, chegaram dois livros do Nei Lopes. Um deles é o "Rio Negro, 50", um baita romance, vô. Acho que o senhor iria gostar. Entre as várias histórias dele, ele fala do Gregório Fortunato, o Anjo Negro. Fui pesquisar e tal, ele foi o principal segurança pessoal do Getúlio Vargas, e também meio que foi fundamental na morte do Getúlio. Me chamou atenção a história dele, um preto usado pra defender branco. Daí perguntei pra vó se ela se lembrava e tal, a vó sempre falou que gostava do Getúlio. Daí ela disse que tu e ela, vô, vocês dois, foram num comício do Getúlio em Cachoeira do Sul, em 1950 e pouco, e vocês viram de perto e até falaram com ele, o Anjo Negro. Fiquei tipo... Caralho, uma história tão distante e tão próxima ao mesmo tempo.

Como faço sempre, fiquei imaginando vocês dois no comício. O senhor abraçado na vó, a vó até disse que, pouco antes do Getúlio chegar, um foguete caiu nas mãos dela. Baita susto.

Outra coisa que me deixou alegre foi conhecer, por meio do romance, os filmes do Nelson Pereira. Um foi o "Rio 40 graus", de 1955. Que filme, vô, nossa! Me emocionei muito, principalmente com o Jorge. Me vi nele, até lembrei quando estive no Rio. Passei pelas mesmas ruas que ele, e o olho encheu d'água. E o outro filme é o "Rio Zona Norte", de 1957, com o Grande Otelo. Bah, baita filme também. Me vi muito como o Espírito da Luz, personagem do Otelo, sonhador de coração puro. Ele só tinha as letras do seu samba, eu só tenho a literatura que faço, vô.

Por enquanto, é isso.

Marlírico

Carta pra mãe

Sabe, mãe,

Hoje a vó falou da Dona Cedália, a mãe dela.

A vó falou sobre o cabelo dela. Era crespo, bem preto. Fazia vários penteados e gostava muito de usar trança. E quando ela tocava na cabeça da mãe, parecia algodão. A vó sente saudade desse toque.

Lembrei da Tainá, uma grande amiga que tenho. Tenho grande admiração e reverência por ela. A Tainá usa vários tipos de penteados, um mais bonito que o outro, e muitas vezes a Tainá fez o cabelo igualzinho ao que a vó usava. Até já falei isso pra ela, e agora acho que ela já fez igualzinho ao cabelo da Dona Cedália também.

A vó diz que não gosta tanto do meu cabelo dread. Acha feio, que o meu cabelo é igualzinho ao teu, mãe: um crespo bem bonito, bem preto e lustroso. Ela diz que eu devia usar como ele é.

Gosto muito do meu cabelo dread, mãe. Me sinto mais bonito com ele. Acho que você entende, né, mãe?

Eu sempre ficava perguntando pra Sasha sobre o cabelo liso dela, por que ela não usava natural, deixava a chapinha e tal. É no tempo dela, né, mãe? Não posso me meter. Eu prometo que não vou perguntar mais, tá, mãe?

Te amo, mãe.

Vou escrever igual o Mandela escrevia nas cartas dele, tá, mãe?

Montanhas de amor, um milhão de beijos.

Do seu filho,

Marlírico

Carta pro vô

Sabe, vô,

Queria poder contar coisas alegres, mas, nesse momento, não tem como. Acho que o senhor consegue ver.

A mãe tá no hospital. Água no pulmão e tal, passou mal e tá internada lá no HPS de Canoas. Sem grana pra passagem, ainda não fui visitá-la. Me sinto muito mal por isso, vô. Poderia pedir grana emprestada, mas e o psicológico, fica como? Esse lugar é muito difícil, vô. Se tenho passagem pra faculdade, não tenho pra ver a mãe. Se vejo a mãe, não vou pra faculdade. Dói muito, vô.

Uma vez, escrevi pra ela que tentaria ser um filho bom. Muitas vezes, as tentativas deram errado, desculpa.

Vô, por favor, cuida da mãe. Tenho medo de não poder dar um abraço apertado nela de novo e dizer "te amo, mãe". E cuida dos meus irmãos também. Pelo que sinto e vejo, eles são mais fortes do que eu. Obrigado, vô.

Com carinho,
Marlírico

Carta pro vô

Sabe, vô,

Passei uns dias lá com meus irmãos. Eu fui num domingo e voltei no outro domingo. Foi bem bom, vô. Não só pra mim, mas acho que pra eles também. A falta física da mãe ainda é bem presente, mas, aos poucos, eles tão tentando ficar bem, assim como eu. E estar perto deles é fundamental pra isso.

Fui com a Sasha no mercado para comprar umas coisas pro almoço. Conversamos bastante. Essa falta pra ela, de uma presença feminina por perto, só homem na volta, é bem ruim. Outra coisa: também tenho essa sensação ruim de que se baseiam na nossa aparência pra tratar a gente como criança. Tipo, a gente é muito mais velho. Um julgamento desnecessário que só faz mal. Aparência não é conteúdo, muito menos idade. Acho que o senhor sabe, né, vô?

Só em alguns momentos, eu e Tallysson podemos trocar uma ideia. Ele é bem agitado, hiperativo, pensa muito rápido e até consegue fazer umas rimas bem massa. Sempre tá rindo, brincando. Ainda não consegue falar dos sentimentos, mas disse que tem amor por mim. Entre irmãos, é importante verbalizar isso. Leu dois versos do meu livro, disse que gostou muito. Esse movimento dele é muito valioso.

O Wesley é o melhor mecânico de Canoas, já disse isso pra ele. E o pouco que pude ver, tava ele lá mexendo no motor de algum carro, e a namorada, Larissa, feliz com o presente, esquecendo o passado complicado e querendo um futuro melhor. E o Davi, filho do casal, meu sobrinho mais novo, bem pequeninho, nem fez um aninho ainda. Peguei no colo, tive medo de fazer algo errado. Achei que iria chorar, mas não. Ficou calmo, me olhando. Sorri, ele sorriu de volta. Meu coração ficou feliz, vô.

Bem rápido vi o Jeison e o meu sobrinho, Tayson. Foi massa, jogamos um game no futebol do *PES*. Os *nêgo* ficam com sangue no olho. Divertido, mas não ganhei nenhum jogo.

Mas o ponto alto, vô, foi com a Brenda e a Evelyn. A Evelyn ficou mais com a Sasha, mas o momento mais especial foi quando a Brenda veio até mim e disse:

"Tio Marlon, *vamo* brinca de professor?".

"*Vamo*".

"O que a gente vai aprender, tio Marlon?".

"Tu *conhece* os números?".

"Sim... Eu acho".

Peguei meu caderno.

"Eu vou escrever os números aqui, depois tu *repete* embaixo, tá bom?".

"Tá bom".

Ela pegou a caneta com força, apertando a ponta na folha, tentando fazer os números igual ao que eu fiz.

"Olha, tio Marlon".

"Que bonito, tá muito bom!".

"Acho que esse ficou grande, não ficou?".

"Não tem problema, tá lindo. Agora, vamos fazer as letras. Tu *conhece* as letras?".

"Conheço".

"Que letra é essa?".

"A de amor".

"Isso. Que letra é essa?".

"S de sapo".

"Isso, muito bom. Que letra é essa?".

"P de... não lembro".

"Olha ali, qual o nome daquilo?"

"Porta".

"Então é P de porta".

"Ah, entendi".

"Vou escrever tua idade e teu nome, daí tu *faz* igual embaixo, tá bom?".

"Tá bom, tio Marlon".

Ela fez tudo tão direitinho, vô, que fiquei emocionado. Foi até mostrar pro pai:

"Olha, pai, o que o tio Marlon me ensinou!".

Fiquei olhando os dois num abraço apertado, o Jeferson dizendo:

"Parabéns, filha".

Não disse nada, mas deu vontade de chorar. Emoção *afu*.

Até a próxima, vô.

De coração cheio,
Marlírico

Carta pro vô

Sabe, vô,

Eu devia ter escrito essa carta ontem, mas fiquei distraído com outras coisas. Acho que foi o medo. Vou explicar melhor.

Ontem, a vó acordou e não me reconheceu. Bah, vô, respirei fundo. Ela não me reconheceu, nem meu pai, nem o quarto. Me assustei de cara. Tentei entender rápido aquilo, passar tranquilidade, mas senti o baque. A noite anterior já tinha sido bem agitada. De madrugada, a vó se debatia na cama como se estivesse brigando com alguém. Gritos, tapas no travesseiro, chutes no ar. Algo que ela já não conseguia controlar. Meio acordada, meio dormindo, foi assim até pela manhã. Cochilou, acordou e não sabia onde estava. Com toda a calma, expliquei que era seu neto e que estávamos em casa. Demorou, mas ela foi se lembrando aos poucos. Ela passou na cama o dia todo. Nisso, fui pedir ajuda e ler mais sobre o que poderia ser aquilo tudo: Alzheimer, demência, crises de ansiedade... Deveria ficar observando, ter muita calma e paciência com ela. Poderia ser algo mais grave, como poderia ser algo normal pra idade dela.

90 anos, né, vô? No início da noite, a vó disse que queria comer canja. Fui ao mercado, comprei as coisas, fiz a canja com medo de errar tudo, mas fiz. A vó colocou uma colherada na boca:

"Que canja gostosa!".

"Aprendi com a senhora, vó".

Fiquei muito feliz de ouvir isso, vô. Pouco depois, deitamos:

"Boa noite, netinho! Obrigada pela canja", a vó disse isso.

Uma lágrima apareceu no olho.

Espero que o futuro seja bonito. Ou menos doloroso possível, vô.

Marlírico

Carta pro vô – parte II

Sabe, vô,

Foi bem difícil estar lá com meus irmãos, mas foi bem necessário. Fazia tempo que não via todos eles juntos. Infelizmente foi nessa situação de luto. A Sasha é uma mulher incrível, vô. O Wesley é o melhor mecânico de Canoas, sabe absolutamente tudo de carros, qualquer parafuso ele sabe de onde veio e onde colocar. Conheci seu filho, o Davi, um bebezinho de um mês e pouco. O Tallysson é um menino mais alto que eu, tem mania de rir, brinca com tudo, igual a mãe. São boas as risadas com ele. O Jeferson e o Jeison são os mais velhos dos irmãos, admiro muito os dois e a família que eles formaram. Bonito de ver, vô.

Raiva, dor, indignação: tudo estava muito presente quando cheguei. Pensei em voltar, não dormir naquela noite ali. Conversei com a Sasha, resolvi ficar, e acho que foi a melhor decisão. Acho que minha calma e paciência fizeram bem pra eles naquele momento. A gente junto conseguiu cuidar da dor do outro, rir de algumas coisas, se permitiu afeto entre os irmãos. Fiquei feliz por isso, vô.

Uma carta pro vô

"Pego a joia da alma e trago minha mãe de volta"
Parteum

Sabe, vô,

As coisas tão bem conturbadas aqui. Geral tá com medo do coronavírus e tal, tudo tá bem confuso e desesperador. É momento de quarentena e cuidados, álcool em gel pra tudo que é lado. Acho que o senhor consegue sentir. Tô tentando agir da melhor forma, e, ainda assim, é muito difícil. Várias coisas ao mesmo tempo e o medo predominando no mundo inteiro, e ainda também tem o luto que segue, e acho que vai seguir por um bom tempo.

Sempre que vejo uma foto ou quando bate uma lembrança, vem aquela dor no peito. Aquela saudade dolorida do sorriso, do abraço, do querer ver, e essa necessidade forçada de ficar trancado em casa pra ficar deprê é *dois palito,* vô. Nessa de ficar em casa, tô lendo. Hoje terminei "Torto Arado", do Itamar Vieira Júnior. Baita livro, vô, gostei bastante. Uma leitura diferente das que tô acostumado, bateu *afu* pelas mulheres da história, Donana Bibiana e Belonísia, mulheres que são iguais à vó e à minha mãe: mulheres pretas, trabalhadoras, de vida sofrida, de bem-estar pela família. Bah, vô, dói aqui dentro.

Queria escrever mais coisas, vô. Mas, no momento, é só isso que consigo. Vou ler mais uns livros, depois conto aqui, tá, vô?

Até mais!

Marlírico

Uma carta pro vô

"A poesia é a vitória do afeto"
Ricardo Aleixo

Sabe, vô,

Uma coisa que me bateu muito foi quando meu irmão Wesley chegou perto e trocamos uma ideia. Ele contou um momento bem foda. Eu tava no quarto, vendo umas mensagens no celular, e ele chegou bem calmo e começou a contar.

O mano trabalhava na mecânica. Ainda trabalha, na real. Teve um dia que um cara chegou com uma *Mercedes* lá, bonita *afu*. Tava com problema no motor. O mano sempre foi ligado nessas coisas de carro, cedo já sabia dirigir e logo já tinha carro.

O dono da mecânica disse que o trabalho ia sair por 35 mil, preço de mercado. O cara disse que ia pensar, pegou o número do mano e mandou uma mensagem pra ele:

"Fazendo direto contigo, tem desconto?".

"Faço por 20", o mano disse.

Deu uns dias, o mano nem lembrava mais, daí o cara

chamou. "Faz o trampo aqui na minha casa, tem espaço pra trabalhar". O mano foi. Numa tarde, tava tudo pronto. "Amanhã teus 20 mil tão na mão", o cara falou.

O mano ficou frio, não levou muita fé. No fim da tarde, o cara chegou e entregou um malote pro mano: "20 mil em notas de cem".

O mano não acreditou, aqueles 20 mil na mão... Guardou bem guardado, mas um primo viu quando ele pegou o malote.

Esse primo tava dando vários raiozinhos. Pra comemorar, chamou o mano. Foi no embalo, só um raiozinho, e outro, e mais outro, e mais outro. Quando se deu conta, tinha cheirado tudo, 20 mil em pó. Queria ajudar a mãe, comprar moto e tal, mas foi tudo em pó. Dava pra ver a tristeza dele quando falava, doeu bastante ouvindo tudo isso, vô. Esse rolê acontece direto com a galera preta, tem força de história assim em qualquer favela, comunidade, vila, não importa o nome.

Mas sabe, vô, agora que ele é pai e que a mãe faleceu, tá com a cabeça no lugar, tentando ser bem mais responsável, querendo coisas boas pra família e pra si também. Até falou que queria que eu levasse alguns livros pra ele ler. Fiquei bem feliz, vô. Mais feliz vou ficar se ele ler meu livro todo, vô.

Por enquanto é isso, vô.

Mais além escrevo de novo, vô.

Do seu neto,
Marlírico

Carta pro vô

"Depois de muito tempo
agora serve o coração"
Nei Lopes

Sabe, vô,

Esses dias de quarentena tão só iniciando, e ainda tá bem estranho pensar que esse período vai durar, sei lá, talvez um mês ou mais. Meu videogame é ler, né, vô... Tem força de livro aqui. Retomando umas leituras, começando outras, e é esse o rolê.

Ah, vô, me lembrei de uma coisa. Queria contar pro senhor, mas ainda não tinha contado. Um tempo atrás, fui no terreiro. A Mari me levou. A famosa Mari, ela que trabalha com figurino, moda e tal. Foi bem importante pra mim, vô. Chorei muito, foi muito bonito de ver. Era gira de esquerda, ela falou, exú e pomba-gira, os cantos, os atabaques, as velas, a sensação de pertencer... Tomei um passe, a única coisa que conseguia pensar era que eu fosse digno dessa caminhada que tô disposto a fazer: escrever, ler, estudar literatura e tal. Era algo que queria muito, vô, acho que o senhor sabe. Me senti muito bem e quero voltar.

E uma coisa que só me bateu depois, vô. Eu já tinha ido no terreiro, mas quando era pequeno. Umas imagens vieram na minha cabeça, mas, na hora, nem me liguei no que era. Só depois que fez todo o sentido. Era um lugar meio vermelho, a vó do meu lado, eu deitado, depois tomava guaraná. Essas eram as imagens. Quando falei pra vó que tinha ido no terreiro, ela falou:

"Eu te levei no terreiro, tu que não lembra. Tu era bem pequeninho. Quando tu se atacava muito de asma, rinite, essas coisas, teve na UTI e tudo, te levei lá. O homem lá te deu um passe, pediu pro orixá te cuidar, depois te deu um guaraná. Nunca mais tu te atacou".

Agradeci a Deus.

Como diz aquela frase, né, vô... "Não existem acidentes". Vou voltar pras leituras aqui, vô, depois falamos mais.

Marlírico

Carta pro vô

"Talvez hoje pode ser o último passo"
Dona Terezinha

Sabe, vô,

Sempre que a vó fala da mãe dela, fico imaginando a Dona Cedália, como ela era e tal. A relação dela com a mãe me lembra muito a relação que a Sasha, minha irmã, tinha com a mãe. Sempre vi a Sasha como braço direito dela, e vice-versa, imagino que a vó era assim também com a Dona Cedália. Principalmente porque o senhor sabe essa história que a Dona Cedália tinha uma ferida muito feia na perna. Sangrava, saía pus, ela chorava de dor muitas noites. A vó lembra muito ainda. Mas nunca deixou de trabalhar, lavar roupa pra fora, e a vó ajudando, desde os seis anos trabalhando também. O que me deixa mais triste, vô, é que *tamo* em 2020 não mudou nada, tem uma galera nesse mesmo rolê ainda.

Quando a gente *tava* tomando café, era fim da tarde, quase noite, quando tava dando a novela. A personagem da novela falou que mãe conhece o filho pelo olhar. "É assim, vó?", perguntei. Daí ela respondeu: "Aham, é isso mesmo. Só basta um olhar, eu sei o que você tá sentindo, desde pequeno. Eu posso não falar, mas eu vejo". Ela sorriu, eu sorri também, vô. Acho que meu coração também.

Em outro momento, perguntei se a vó já tinha mandado carta para alguém. Ela disse que não, nem bilhete. Mas depois ela falou: "Eu já mandei carta pra minha mãe, logo que cheguei em Porto Alegre". "E ela respondia as cartas?", perguntei. "Nunca respondeu. Acho que a mãe sabia ler, mas não sabia escrever".

Hoje a vó falou essa frase, essa que escrevi ali em cima. *Bateu afu*, senti aqui dentro. Nesses dias, a vó tem tentado ficar bem. Nada fácil, né, vô? Pandemia, quarentena, grupo de risco: ela fica bem abatida. Mesmo assim, ela ainda faz piada, fala coisa séria sorrindo.

Por enquanto é isso, vô.

Marlírico

Carta pro vô

Sabe, vô,

Hoje a vó contou que ganhou aquela planta ali do pátio no aniversário de 60 anos, de uma mulher chamada Carlinda. A vó não lembra o nome da planta, e eu nem imagino qual seja. Sentamos ali, tava bem quente dentro de casa, e ali bate um ar fresquinho.

A vó ficava olhando pro céu. "Como tá bonito esse azul!", dizia. "Será que é só no Brasil esse azul?". "Não sei, vó".

"Olha lá, as nuvem bem branquinha". A vó adora ver as formas da nuvem. "Com o que parece aquela nuvem, vó?". "Parece um bicho redondo que tem um bico de passarinho". "E aquela outra lá, vó?". "Parece uma mãe com uma criança no colo. Tu não tá vendo?". "Tô, sim, vó".

Achei que a vó tinha problema na visão. Eu que não sei ver as coisas como elas são, vô.

Marlírico

Carta pro vô

Sabe, vô,

Queria ter escrito antes, mas passou batido. Esses dias, tava tomando café com a vó. Era meio tarde já, tipo 11 horas, daí a vó falou:

"Fico pensando na tua mãe, parece que ela não morreu".

"Sim, vó, eu também. Não parece, mas tô de luto ainda. É bem difícil pensar que aproveitei minha mãe pouco mais de cinco anos".

"Tu sabe, eu sempre fiz questão de vocês tarem perto caso eu morresse logo e tu não tivesse criado".

"Tentei, né, vó...", dei um sorriso. A vó sorriu também. Queria dar um abraço, mas nesse momento não rola.

Fui pro pátio para lavar roupa, a vó continuou tomando café. Uma lágrima apareceu, pensei na mãe, chorei um pouco. Inevitável, na real.

Agora, escrevendo essa carta, vô, a lágrima aparece de novo. Na minha inocência, queria reunir todas as lembranças da mãe, como se fosse uma caixinha de lembranças, e ir sempre que quisesse ver e dizer "te amo, mãe".

Marlírico

Carta pro vô

Sabe, vô,

A vó contou que a mãe dela, Dona Cedália, ficava sentada na cama esperando algum filho chegar. Época da guerra, tinha medo de um dos filhos nunca mais vir de volta.

Desde que me conheço por gente, a vó faz igual. Fica sentadinha na cama esperando alguém chegar, eu ou meu pai, e tenho pra mim que ela fazia igual com o senhor.

Agora de noite, a vó perguntou:

"Se tu tem dinheiro, tu ia na África, né?".

"Sim, vó, com toda certeza".

Viamão, 27 de março de 2020.

Carta pra mãe

Sabe, mãe,

Hoje a vó tava arrumando umas roupas dela no roupeiro. Eu tava perto, meio ajudando, meio cuidando, quando ela pegou uma blusa:

"Essa blusa aqui, tua mãe usou aqui em casa".

Meu coração bateu forte na hora. A vó botou a blusa nas minhas mãos, aquela blusa azul regata com bolinhas brancas, uns rendados no ombro. Ainda é presente a sua imagem aqui, mãe. Volta e meia, a vó fala: "Não parece que a Maria fez a viagem". Também não parece pra mim, vó.

Peguei a blusa, imaginei você aqui, rindo e fazendo piada. A vó também gosta de fazer piada de tudo, a relação de vocês sempre foi boa e bonita. Agora entendo quão valiosa era. A vó disse que queria a gente perto caso ela morresse, para eu ter alguém pra me cuidar. Ela não imaginava, nem ninguém, que você faria a passagem tão cedo.

A vó me deu um beijo e voltou pra ver a novela. Coloquei a blusa no meu cantinho aqui, vou guardar pra lembrar de você, mãe. Faço isso também com todas as lembranças que tenho. A gente vira uma caixinha de lembranças, né, mãe? Sinto você aqui dentro, isso faz meu coração feliz. Amo me lembrar de você, mãe.

Do seu filho,

Marlírico

Carta pro vô

Sabe, vô,

Hoje a vó e eu conversamos bastante. Sentamos no pátio, bebendo água e comendo doce, um brigadeiro que fiz. Perguntei se a vó ainda tava tendo sonhos com a mãe dela, Dona Cedália.

"Com a mãe, não. Eu sonhei esses dias com a tua mãe. Acordei e olhei pra ti, parecia que eu tava vendo a Maria, tu *é* o filho mais parecido com ela. Não parece que ela foi tão cedo".

"Pra mim, também não parece, vó. Ontem mesmo, tava falando com a mana sobre isso. Ela tá melhor, mas ainda sente muito a falta, a dor, assim como eu".

Vô, nessa hora, a vó me olhou como fosse um abraço apertado.

"Essa dor é pra vida toda. Lembro quando a mãe faleceu. Ela tinha 63 anos, foi no dia 8 de março. Ela fez aniversário em 12 de fevereiro e faleceu em 8 de março. Sem falar na Doralice, que se matou, era minha cunhada. E o Alcides, meu irmão, que achou que era teu avô Antônio que tinha falecido, veio correndo de Rio Pardo pra Porto Alegre, pegou um nevoeiro forte na estrada e morreu num acidente. Em dois meses, três mortes na família. Bom, era pra ser assim, né?

O ar ficou pesado. Peguei mamão pra vó comer. Ela sorriu, sorri também.

Até a próxima, vô.

Marlírico

Carta pro vô

Bah, vô,

Hoje é diferente. Eu ia falar outras coisas que aconteceram aqui, mas, do nada, soube que o senhor tinha uma arma...

Carta pro vô – parte II

Sabe, vô,

Eu fiquei muito surpreso quando soube que o senhor teve uma arma. Nunca imaginaria isso. Logo o senhor, que eu tinha como exemplo... Mas depois as coisas foram se esclarecendo.

O senhor foi motorista por muitos anos da família Matarazzo. Isso, eu sabia. O que eu não sabia é que o senhor pagava muitas contas, transportava muitas quantias em dinheiro, cruzados, na época. E por segurança, o seu Matarazzo achou melhor o senhor ter uma arma para se proteger.

Nunca que eu imaginei que, naquela mala velha lá em cima do roupeiro, tinha uma arma que o senhor usou. A vó guardou por não saber o que fazer com ela. Um dia, do nada, o pai pegou a mala, tirou aquela arma calibre 38 enrolada num pijama velho, dizendo que ia vender pra não ter problema por ter uma arma em casa. "Tira umas fotos pra mandar pro Gerson". Aí eu, tirando foto da arma que foi sua, me senti mal, vô. Arma sempre me dá um sentimento ruim. Uns dias depois, o Gerson pegou a arma, levou no cara pra ver se funcionava ainda. Só *tava* guardada há uns 30 anos, mais ou menos. O pai achou que ia dar uns 900 *pila,* deu uns 600. Diz ele, nem vou questionar. Para minha surpresa, me deu 150. "Pra comprar livro", disse.

Sua arma virou livro, vô.

Marlírico

Carta pro vô

Sabe, vô,

Hoje a vó arrancou o dente dela. Fazia dias que a vó reclamava do dente frouxo dançando na boca. Até queria ir ao dentista, mas, nessa quarentena, não teve como, tudo fechado. Daí quando acordou da soneca antes do almoço, me chamou.

"O que, vó?".

"Tu não *sabe*".

Esticou a mão, abriu. O dente tava ali.

"A senhora arrancou o dente?", meu olho ficou arregalado.

"Aham, tomei coragem".

"Doeu, vó?".

"Um pouco, mas sou forte. Falei assim: 'já que eu amo minha mãe' e puxei com força".

A vó ficou rindo da minha cara, e eu ali parado, olhando.

A vó foi lavar a boca. Tinha um pouco de sangue. Sentamos no pátio, fiz um suco de laranja. Separei o bagaço, coloquei açúcar, e vó comeu como se fosse um purê de laranja.

"Melhor eu arrancar o dente do que o dentista, e ele cobrar uma nota", demos risada.

A vó disse que vai guardar o dente. Ela não disse, vô, mas acho que foi a mãe dela, Dona Cedália, que disse pra ela guardar. Achei estranho, mas aí lembrei que fiz igual quando tinha seis anos, vô. Entendi que a vó tem espírito de criança, daí achei simbólico, bonito.

Marlírico

Carta pra minha mãe

Sabe, mãe,

A vó fez 90 anos na sexta agora.

Tanto corre, que nem consegui escrever.

Mas é louco pensar isso, né?

90 ANOS!

Foi um dia bom.

Em outros momentos, outros dias comemorativos, a vó super se emocionava. Chorava *afu,* se lembrava da mãe, dos irmãos, do vô, da infância, das brigas, das festas, das escolhas, dos acertos, dos erros, da miséria, da Guerra...

Das pequenas alegrias da vida adulta, como o Emicida iria cantar anos depois.

Foi um dia bom.

A vó deu risada.

Viu uns parentes.

Comeu bolo.

Bah, mãe, é foda.

Todo mundo sabe o quão importante é pra mim.

Aprendi com a mulher mais incrível do mundo sobre mulheres que nos habitam. Tipo isso.

Esse texto é pra você, mãe, mas pra vó também.

Pra você, leio em sussurro com uma oração.

Pra vó, dou uma risada.

Você me acompanha na minha risada.

E a vó sabe disso.

Obrigado, mãe.

Acordei com a vó me ligando no dia 20/11/20

"Oi, vó!".

"Tu viu o que aconteceu aqui? Com o homem no mercado?".

"Vi, sim, vó".

"Tu não vai nos protestos aí em São Paulo, viu? É perigoso, tenho medo. Tu tem que voltar inteiro pra mim".

"Tá bem, vó, não vou".

"Me promete?".

"Prometo, vó".

Faltava água pra tanta lágrima.
O coração doendo.

Eu escrevi uma vez.
Um corpo matável,
que tem esperança.

Sinto
Vergonha de ser de Porto Alegre
Sinto
Vergonha por não ter ido nas manifestações
Também
Sinto
Amor quando chego em casa e a vó diz:
"Obrigado por voltar inteiro pra mim"
Sinto
Amor quando sinto minha mãe em forma de orixá
Me cuidando, me guiando, me dizendo:
"Se cuidar também é importante"

O olho cheio d'água
O coração cheio de dor

Coragem e coração começam com COR

É difícil
ser sensível
no meio
da violência

Lição de Natal

Cheio de tetos na cabeça

Ô, meu jovem.

Não cala a boca e me ouve.

Olha só, não vou te cumprimentar, tu não merece. Dez anos depois, tu vem olhar na minha cara? Não é nada pessoal, mas, como padrinho, tu é um merda. Passei na universidade, lancei livro, meu trabalho tá pelo Brasil e o caralho. Quando a minha mãe morreu, tu tava onde? Nem um abraço, nada, dizia que gostava dela e o caralho, e aí??? Esquece que eu existo. Tá com saudade? Bota meu nome no *Google.* E se me vir na rua, não fala comigo, nem te conheço. Nunca tive padrinho mesmo.

Natal

E essa raiva toda no peito...

Uma vez ouvi:

"Melhor guerra é aquela que não acontece"

Será mesmo?

"Vai lá dar oi pro teu padrinho, filho".

"Não vou, não. Se eu for, vou ser mal-educado. Faz dez

anos que o vi, e agora tu *acha* que vou lá apertar a mão dele como se nada tivesse acontecido?".

"O que que tem?".

"Não vou, não. Não tenho sangue de barata, não vou".

Passa um tempo...

"Tu *foi* lá ver teu padrinho?".

"Prefiro não ir, vó".

"O que tu *tem* contra ele?".

"Vó, faz 10 anos que esse cara apareceu aqui, não faço questão nenhuma de ir lá. Ir lá e fingir que nada aconteceu? Não tenho mais idade pra isso, 30 anos nas costas já, fazendo coisa de piá... Eu vou ser mal-educado".

"A gente tem que aprender a ter perdão, sabe? É da religião perdoar".

"Eu sei, vó. Rezei muito pedindo desculpas por esse sentimento ruim, mas não sei se consigo".

"É melhor perdoar, sabe? Não levar esse sentimento no peito. Eu sempre acho que o perdão é a melhor saída".

"É, vó?".

"Sim... Vou te contar uma história. Quando eu era menina pra adolescente, andava com um grupinho de meninas. Todas direitas, mas uma delas parou de nos acompanhar nos passeios. Daí entendi: uma delas entrou pra vida, todas se afastaram dela. Senti muita pena. Alguns dias depois, ela apareceu lá em casa. Ela sabia que a gente era os mais pobres de lá levou um galo e uma galinha pra gente comer. 'É presente', ela disse. A mãe ficou tão feliz. Nunca mais vi a moça, me arrependo até hoje de me afastar dela, sabe?".

"Pra senhora, o perdão é a melhor saída?".

"Aham. Agora me leva ali na porta, vou dar boa tarde pras visitas. Função da dona da casa, né?".

"A senhora vai ser meu escudo".

A vó deu um sorriso dizendo que sim.

"Ô, Dona Terezinha, tudo bem com a senhora? Quanto tempo, né? Ô, meu afilhado, e esse cabelo? Tá grande, meu afilhado".

"Oi, tudo bom? Uma boa tarde pra vocês! Tô meio cansada, 90 anos, né? Vou deitar um pouco. Feliz Natal!".

Eu atrás da vó. Só fiz positivo com a cabeça, engolindo seco.

A vó voltou pra cama.

"Obrigado, vó, a senhora me salvou".

"Tu *sabe,* essa coisa de te ajudar nem passou pela minha cabeça, só fui. Acho que foi tua mãe".

"Também acho, vó. Ela, o vó, os anjos, os orixás, Deus, sei lá".

"Que coisa, né? Acho que é lição de Natal do aniversariante. Agora a vó vai dormir".

"A senhora ainda me ensina muito, vó".

"Eu te criei, sempre vou ensinar. Mas tô velha, tu já não *precisa* de mim. Já é homem e sabe se cuidar".

Sorrimos.

"Bom sono, vó".
"Pra ti também".
"Amém, né, vó?".
"Amém, Jesus".

Dia 25 de dezembro de 2020

Mãe,

Desculpa.

Mal conheço a senhora, sei pouco das suas batalhas, vitórias, sucessos e derrotas.

Você é uma mulher preta tentando sobreviver num mundo violento e branco.

Tenho saudade.

Arranjo desculpas para não ir vê-la.

Tenho saudade dos meus irmãos.

Criado como filho único, ainda não sei o que é ter irmãos ou viver com eles.

Tenho uma raiva profunda que talvez nunca vai me deixar. E também sinto uma luz quente num lugar escuro e frio que me faz seguir no meu sonho e destino que é escrever.

Não sei se a senhora vai ler ou entender essa carta.

Um dia, disse que queria uma chance para ser um filho bom.

Acho que essa chance nunca vai acontecer, entretanto, mesmo distante, gostaria de dizer uma coisa:

Eu te amo, mãe.

Esta obra foi composta em Arno Pro Light 13 para a Editora Malê e
impressa na Gráfica JMV, em maio de 2025.